KB080536

세월의 소리, 바람의 소리

세월의 소리, 바람의 소리

장택현 시집

시인의 말

세월의 강가에서
지난날을 돌아본다

그때와 지금의 다름이
시의 싹을 움트게 한다

어머니는 시의 원천이고
마르지 않는 샘물이다

모든 것이 은혜의 강물이고
사랑의 등불이거늘

2023년 새봄에

차 례

● 시인의 말

제1부

제2부

제3부

제4부

제5부

제1부

사모곡

울 엄마 길 떠나신 지
오래되었는데
지금까지 오시지 않네

꿈속에라도 오시라고
길을 만들자

대문을 활짝 열어 놓고
냉골이 되더라도
방문도 열어 놓자

세월의 소리

새 소리, 매미 소리
귀뚜라미 소리인가
바람 소리인가

귓바퀴 안에서 봄, 여름, 가을
겨울 소리가 다 들리네

세월의 소리로 생각하니
휘파람 소리가 들린다

인생

사금파리 동그랗게 만들어
땅따먹기 하다가
날이 저물어 밥 먹으라 부르면

땅 많이 빼앗은 것
어둠 속에 묻히네

늦은 인사

살기 어려운 시절 추운 겨울에
밥 얻어먹으러 다니는 거지가 많았다

어머니께서 부엌으로 불러
아궁이 불을 앞으로 당겨 놓고
밥상을 차려 주시곤 했다

빈속으로 다니면 더 춥고
자녀들에게 밥도 더 갖다 줄 수
있다고 하셨다

길손이 물 한 그릇 얻어먹자고 하면
쟁반에 받쳐 대접하듯이
물을 건네주셨다

그때는 몰랐는데
어머님의 정성으로 보이지 않는 손길이

복이 되어 오늘을 살아간다

어머님, 감사합니다
늦게 인사를 올립니다

벚꽃

따스한 어느 봄날
벚나무에
뻥튀기 장사가 왔다 갔나

어젯밤 개구리 한 쌍이
잠을 자면서 알을 낳고 돌아갔나

벚나무에서 자꾸만
소리가 들린다, 개골개골―

먼 기다림

어머니가 대문 앞에서
동구 밖을 내다보신다

아버지가 돌아오실 때가 되어도
오시지 않기 때문이다

아버지 밥은 아랫목 요 밑에 묻어 두고
우리들은 늦은 저녁을 먹는다

아버지 오셔서 식사하셨다고 하신다
어머니는 아버지가 식사하시고
오시는 줄 아시면서도 그렇게 하셨다

두 며느리

부지런한 맏며느리만
볼 수 있다는 초승달
새색시 눈썹 같고

게으른 며느리
해 질 무렵 빨래하며
석양빛에 말린다고
빨랫줄에 매달린다

시골 출신

망태기에 소꼴 베어 돌아올 때
소낙비에
물에 빠진 강아지가 되었네

가마솥에 데운 물에 목욕하고
거칠게 풀 먹인 홑청 이불
알몸으로 덮고 잘 때

뽀송뽀송한 촉감, 비단 이불에 비할까
사각거리는 소리, 풀벌레 소리에 비할까

그 추억이 힘든 세상 살아가는데
보약이 되었네

어머님의 말씀

돈 가지고 형제간에
얼굴 붉히며 말다툼하지 마라

떡이 여섯 덩어리가 있으면
5남매가 1개씩 나누고
남은 한 개는 형편에 따라
필요한 사람이 갖도록 하되

될 수 있으면
없는 사람을 도와줘라

어머님의 밥상머리 교육
대대손손 이어질 수 있을런지

흑백 사진

어린아이가
아버지의 신을 신고
진흙땅을 걸어간다

어린 조카가 삼촌의 모자를 쓰고
더듬거리며 걸어간다

동생이 형의 옷을 입었는지
사람보다 옷이 더 커 보인다

엄마가 길가에서
아이에게 똥오줌을 뉘고 있다

가난한 부자

어린 나이에 산으로, 들로
소 풀 먹이랴, 심부름하랴, 숙제는 뒷전이다

동무들은 숙제해 놓고
자치기 놀이, 찜뿅 놀이 하면서
재미있게 노는 모습을 볼 때마다
우리 집에 소나 돼지, 논밭도
없었으면 좋겠다는 생각이 들었다

머슴이 두 명이나 있었는데 부모님은
왜 그러셨을까?

쌀이 많이 있는데 보리밥 먹으면서
가난하게 살았다, 가난했지만 부자였다

장성해서 생각하니 그 시절 부모님의 생각이
조금은 이해가 간다

지금도 친구들은 노년을 즐기는데
출근 준비를 하고 있다

사랑의 발자국

들녘의 곡식은
농부의 발소리로 자라고

옆에 있는 잡초들은
풀벌레 소리로 자라네

오늘은 늦잠을 잤는지
잡초들이 더 무성하네

제2부

끝이 끝은 아니다

이겼다고 승자가 아니며
졌다고 패자가 아니다

이기고 졌으며
지고 이겼다

이럴 줄 몰랐다

욕심을 쫓고 사람을 버리고
더 많이 갖고 더 많이 쓰고

높은 자리에서
고깃국에 쌀밥을 먹었다
산비알 오두막에서
간장에 시래기죽을 먹었다

똥이다

설마

동물의 세계를 보니
서열과 질서가 있고
이웃과 서로 나누며
자기 새끼를 위해서는 목숨을 걸고
달려드는 모습을 본다

그런데 사람이 더 무섭다

한 끗 차이

어려움이 자라서
성공으로 변하고

행복이 게으르고 어리석어
불행이 되니

행복과 불행은 이웃이었다

자화상

마지막 남은 치약을 짜느라고
손끝이 아프고
이마에서 땀이 나온다

양치하고 경마장에 가서
십만 원을 날렸다

말의 힘

말이란
몇십 년이 지나도
죽지 않고 살아서

송곳으로
때로는 웃음으로

새로운 힘이 되어
웃게도 하고 울게도 한다

미역국

시골에서 도시로 학교 가기 위하여
하루 전에 여관에서 묵으며
시험을 보게 되었다

아침 밥상에 미역국이 나왔다

같이 간 친구가 미역국을 먹지 않겠다고 하여
옆에 있는 친구와 나누어 실컷 먹고
시험장에 들어갔다

미역국 먹지 않은 친구는
미역국을 먹었고
두 사람은 미역국을 먹었지만
미역국은 안 먹었다

생명의 신비

처마에서 물이 떨어진다
옥구슬이다

땅 위에 떨어지는 대로
부서져서 온 천지로 흩어진다

살아서 모든 생명과 연결되어
또 하나의 싹이 움튼다

동화同化

깨끗한 물 한 바가지 속에
흙탕물 한 숟가락 넣으니
깨끗한 물이 흙탕물을 씻어서
맑은 물이 되었다

흙탕물 한 바가지 속에
깨끗한 물 한 숟가락 넣으니
흙탕물이 맑고 깨끗한 물을
다 잡아먹었다

횡설수설

안다고는 하지만
정녕 모르는 것이다
모른다고는 했지만
아는 것이다

그 말이 맞지만 틀린 말이다
틀린 것 같으나 맞는 말이다

최선의 최선

나는 지금
가만히 앉아 있다

아무것도 안 하고 있는 것이 아니다
최선을 다하고 있는 것이다

제3부

그리고 찾아오는 눈물

어제는 슬퍼서
눈물이 났고

오늘은 감격하고 행복해서
눈물이 난다

내일은 아마도 감사해서
눈물이 날 것 같다

기도

찌그러지고 일그러진
못생긴 얼굴에
미소를 잃지 않게 하소서

몸과 마음과 발걸음은
더럽고 어두운 곳을 다니며
오물을 밟고 다닐지라도

마음만큼은
두 손을 모으게 하소서

그분의 생애

용서는 한 번의 사건이 아니라
여행과 같은 것

용서는 울음 고리이면서
사연이 담겨 있는 것

고통 속에 거룩한 뜻이 들어 있고
그분의 가시밭길 사역이
위대함을 바라보아야 한다

말할 것도 없지

보이지 않는 실체와
보이는 실체 중
어떤 힘이 더 클까

소망

어제와 오늘이
소중한 것은
내일을 이어주는 다리가 되고

해님이 뿌린 빛이 어떻게 자라는지
바람이 어떤 길을 만드는지

아무도 살아보지 않은
내일을 기대해 본다

비밀

우리의 몸과 마음, 영혼은
오늘도 세상 구경 다닌다

반복되는 인생

죽음은 반복되지 않고
죽었으나 영원한 삶인 것을

아는 사람만이 아는 비밀이지

그분의 손길로

내 안에 있는 더러운 것들을
매일, 매일 씻어 내자

물로 씻어야 하나
수세미로 닦아야 하나
겸손과 섬김으로 씻어야 하나

아니면 무엇으로
내 안에 있는 더러운 것을 씻을 수 있을까

내 마음의 풍경화

마음을 그림으로 그려 본다
하늘을 우러러 한 점 부끄럼이 없다는데……

미완의 그림 위에 덧칠을 한다
한 번, 두 번 끝도 없이

그림이라기보다는
물감을 엎질러 놓은 것 같다

참된 가치

자기 자녀를 죽인 사람을
용서하고
양자로 받아들인 것은
이해가 되지만

아름다움이 죄라면
당신은 사형감이라는 말은
이해가 안 된다

그래도 희망으로

연애, 결혼, 출산 3포 세대
내 집 마련, 경력 쌓기 5포
취미 생활, 인간 관계 7포 세대

총생산량 100불 시대엔
뚝방에서 앉아 또는 보리밭에서
사랑을 키우고 결혼하여
많은 자녀 낳으며 살았지

초가삼간 오막살이 단칸방에
온 식구들이 한마음으로
들에 나가 모심고 밭매느라
취미 생활, 인간 관계 못 했지만
오늘의 대한민국, 세계에 우뚝 서 있네

젊은이들이여,
절대 포기해서는 안 됩니다!

제4부

어떤 부부

머리를 다른 때보다
짧게 자르고 들어가니까
평소 말수가 적은
아내가 놀라는 표정이다

보기 싫으냐고 물으니
당신은 인물이 준수해서 괜찮아요

결혼한 지 반세기가 다 되어가도록
센스 있는 말은 처음 들어본다

철없는 아들

홀어머니 밑에서 귀엽게 자라난
외아들에게 배를 깎아 맛있는
속살은 아들에게 주고
엄마는 속에 씨가 있는 딱딱한
부분을 먹으며 옥이야 금이야 키워
장가를 보냈다

아내가 배를 깎아 맛있는 부분은
어머니께 드리고
자기는 속에 있는 딱딱한
부분을 먹으니

당신은 왜 우리 엄마가 좋아하는 것을
먹느냐고 빼앗아 엄마에게 주고
어머니 앞에 깎아 놓은 것은
아내에게 주고 있다

남편의 마음

많은 꽃들 중에
이름 모를 꽃도 있고
아름답고 소중한 꽃도 있는데
호박꽃도 꽃이냐고 놀린다

이제 호박꽃이 되어서
호박 요리 좋아하는 아내를 위해
애호박 열매를 맺어야겠다

마실

어제는 옆 동네 경숙이 집에
그냥 놀러 갔다

내일은 같은 아파트에 살고 있는
홍상이네 집으로
신나는 걸음을 떼려 한다

여행 가방 없이 가는 여행이
더 설레고 기대가 된다

장난꾸러기

밤하늘에 은하수가 쏟아지고
그 사이로 별똥별이 높은 곳에서 길게
오줌을 싸는데

누나들은 개울가에 앉아
목욕하고 있으니

짓궂은 그때가 늙지도 않고
더 생생하게 생각나네

나도 몰라

나는 네가 좋다
왜 좋으냐고 묻지 마라

너는 내가 왜 좋은지
알고 싶다

눈치

아무것도 몰랐는데
말을 해서 알게 되었지

무슨 뜻인지 말을 하지 않아
눈치챘네
눈치챘지

풋사랑

영희야, 너는
공부도 잘했고
얼굴도 예뻤지

나는 너와 손잡고
들로 산으로 다니며
곤충 채집도 하고
진달래꽃 꺾어 머리에 꽂고
잡히지 않는 나비를 잡겠다고
둘이서 쫓아다녔지

요에 세계 지도 그려 놓고
깨어 보면 꿈이었지, 꽃꿈이었지

말과 말 사이

음식이 정말 맛이 있어
맛있다고 하는 말과

맛은 없는데도
맛있다고 하는 말이 똑같은데

분간하니 대단하다

오남매

겨울 아침에 세수하고
문고리 잡으면
추위에 손이 쩍쩍 달라붙었지

밥 먹다가 밥 한 톨이 떨어지면
소홀히 하지 않고 주워 먹던 시절

오남매가 한방에 잠자면서
한 이불 덮고
맨 끝에서 자고 있는 사람끼리
잡아당기다가
이불이 찢어져
어머님께 말씀 듣던 지난날

오남매가 한자리에 모여
이야기하며 웃다가 눈물까지 나네

세상살이

어렵고 힘든 얘기를 하면
그것이 약점이 되어 돌아오고

기쁘고 좋은 일을 얘기하면
시기와 질투로 어려움을 당하게 된다

세상의 이치인가
인간의 본마음인가

제5부

동행

바람인가 했더니
세월이 오는 소리였네

앞서갈 수도 없고
뒤에 남을 수도 없는

시작도 없이
끝도 없이

생의 처음부터 마지막까지
있는 듯 없는 듯

세월은 가만히 있는데

어느새
무서리 내린 계절의 끝에 와 있네

바람 나그네

만국기가 펄럭이는 가을 운동회
사탕을 매달아 놓고
혀가 닿을락 말락 할 때에
좌우로 흔든 사람이 누구일까

지금이라도 만나 보고 싶다

삶의 그림자

밤에 호랑이를 만났는데
이보다 더 무서운 것이 있을까

할 말도
산 넘어 구름 타고 사라지고
하얘진 머릿속에
이마에는 식은땀이 흐르네

주눅이 들어
굳어 있는 초라한 모습

인생에 이보다 더한 것이
또 있으랴

해거름

서산에 걸친 붉은 노을
널 뛰다가 떨어지듯

산 너머 나라로
뚝 떨어지네

묵상의 언덕

찬란하게 떠오르는
태양을 바라본다

장렬하게 내리쪼이는
열기의 힘과 생명의 약동

아름답게 잘 익어가는
노을을 묵묵히 바라보면서

내일은 다시
붉은 태양이 어둠을 뚫고
꿈꾸듯 눈부신 아침을 열리라

늦가을 사랑

오일장에 갔다
새색시가 신는 꽃신이 있다
살까 말까

어제와 오늘

중학교 시절
빨리 어른이 되었으면 좋겠다
꿈을 꾸었지

어떤 사람으로 살아가나
얼른 보고 싶어 그랬지

지난날에 한 생각을 돌아보며
오늘도 밭을 갈고 있네

왜 그럴까

누구는
자신이 늘 부족하다고 하는데
또 다른 한 사람은 자기가 똑똑하고
최고라고 한다

그런데 두 사람 모두
틀린 말 같다

밤의 풍경

도시는 사람들 소리
매연이 날아다니는 소리
시도 때도 없이 짖는 소리
잠을 잘 수가 없다

시골의 밤은 고요하다
하루치 농사일로 모두
꿈나라에 갔기 때문이다

하늘에는 은하수가 길을 만들고
별똥별이 잠자고 있는 사람 깰까 봐
소리 없이 빠른 속도로 달려간다

별들만이 남아
질서 있게 잔치를 벌일 뿐이다

미련

전화를 하고 싶다
딱히 할 말도 없는데

보고 싶다
딱 한 번 만나본 사람인데

첫사랑

세상에서 가장 아름다운
한 송이 꽃봉오리가
어찌하여 피기도 전에 떨어졌나

해님을 원망하는가
비바람과 눈보라에
견디지 못하였는가

반백 년이 훌쩍 지난 지금도
그때, 그 모습으로 변함이 없구나

그때, 그 시절

좌판 위에 붉은 멍게
옷핀으로 고추장 찍어 먹다
기차 시간 되어 완행열차에 오르면

오징어나 땅콩,
삶은 계란이나 호두과자 있습니다!

정거운 노래 소리를 들으면서
기차는 검은 연기 토해내며
칙칙폭폭, 칙칙폭폭

밤늦게 집에 도착하면
고요한 적막을 깨는 소리

찹쌀떡이나 메밀묵……

개성적이면서 범인류적인
공동선共同善의 세계

유자효

(한국시인협회장)

    장택현 선생은 백석대학교 5대 총장을 지낸 분이다. 나와 갑장이기도 한 그는 우리 또래들이 대부분 현장에서 떠났음에도 불구하고 대학혁신위원장으로 왕성한 창의성과 활동력을 과시하고 있다.

    여기에 더하여 지난 2019년에는 격월간 『시사사』(현 계간 『시사사』)에서 시인으로 등단하였다. 요즘은 나이가 들어서 시 쓰기를 시작하는 사람들이 많기는 하지만 대학 일에 바쁜 분이 등단 3년 만에 두 번째 시집을 상재上梓했다는 것은 보통 일이 아니다.

무엇이 그를 시 쓰기의 길로 인도했으며, 70대에 시작한 그의 시 세계는 과연 어떠한 것일까? 이런 의문들이 내게 보내온 이번 시집의 원고를 정독하게 하였다.

사금파리 동그랗게 만들어
땅따먹기 하다가
날이 저물어 밥 먹으라 부르면

땅 많이 빼앗은 것
어둠 속에 묻히네

―「인생」 전문

참으로 그러하다. 우리네 인생은 사금파리를 동그랗게 만들어 땅 따먹기 하는 것과도 같다. 조금의 땅이라도 더 따보겠다고 안달복달하다가 어느덧 날이 저물어 '밥 먹으라'는 어머니의 부르시는 소리가 들리면 미련 없이 버리고 집으로 간다. 그러면 그 많이 빼앗았던 땅이 모두 '어둠 속에 묻히'고 마는 것이다.

인생의 의미를 어떻게 이렇게 짧은 시 속에 담아냈을까? 조병화 시인의 묘비명은 이렇게 되어 있다. "어머니 심부름으로 이 세상에 나왔다가 이제 어머니 심부름을 다 마치고 어머니께 돌아왔습니다." 장택현 시인의 '인생'은 조병화 시인의 묘비명과 같은 무게의 의미를 담고 있다고 하겠다.

　　처마에서 물이 떨어진다
　　옥구슬이다

　　땅 위에 떨어지는 대로
　　부서져서 온 천지로 흩어진다

　　살아서 모든 생명과 연결되어
　　또 하나의 싹이 움튼다
　　　　　　　　　　　　　―「생명의 신비」 전문

　장택현 시의 특징은 촌철살인의 아름다움에 있다고 하겠다. 그는 생명의 시작을 처마에서 떨어지는 물로 본다. 그 물이 "부서져서 온 천지로 흩어"지고, "생명과 연결되어/ 또 하나의 싹이 움"트는 것. 그것을 '생명의 신비'로 보고 있다.

　지극히 당연한 자연 현상에서 '생명의 신비'를 보아내는 것은 시인의 눈으로 보기 때문에 가능하다. 그가 시인으로 우리 앞에 선 것은 3년에 불과하지만, 70여 년의 세월을 시인의 눈으로 사물을 보아왔음을 짐작케 한다. 그것을 고백하는 이 시를 보라.

나는 지금

가만히 앉아 있다

아무것도 안 하고 있는 것이 아니다

최선을 다하고 있는 것이다

―「최선의 최선」 전문

사람들은 "가만히 앉아 있"는 그를 범상하게 보았을지도 모른다. 그러나 그는 "아무것도 안하고 있는 것이 아니"었다. 그로서는 "최선을 다하고 있는 것"이었다. 그 최선이 모이고 모여 그는 마침내 입을 열었다. 그리고 말하기 시작했다. 그것이 그의 시였다. 시는 그렇게 쓰여지는 것이다. 누구에게 배운 바도 없이 그는 경험으로 터득하였다. 그것은 장택현의 시학이라고 부를 만하다. 그러면 장택현이 생각하는 시어詩語란 어떤 것일까?

음식이 정말 맛이 있어

맛있다고 하는 말과

맛은 없는데도

맛있다고 하는 말이 똑같은데

분간하니 대단하다

—「말과 말 사이」 전문

그가 생각하는 시어의 정의定義는 언어 너머에 있다. 언어로서는 그 참뜻을 알지 못한다. 음식이 맛있다고 할 때, "정말 맛이 있어/ 맛있다고"하는 말과 "맛은 없는데도/ 맛있다고" 하는 말은 언어로서의 표현은 똑같지만 그 함의含意는 정반대이다. 우리는 그것을 분간해낸다. 그것이 직관의 힘이다. 장택현 시인이 생각하는 시어란 이런 것이다. 언어도단言語道斷의 경지. 거기에 시가 있다.

일찍이 샤를 드골은 "250가지에 이르는 치즈의 맛을 구분해내는 프랑스 사람들의 입맛을 어떻게 다 맞출 수 있단 말인가?"라며 정치의 어려움을 탄식했다지만, 시인의 입맛은 이 세상 시인의 수만큼 다양하다. 그것을 어떻게 일일이 구분해낼 수 있을 것인가? 그것을 극복해내는 길은 직관에 있다. 결국 우리는 말없이 알아내고 있는 것이다. 그 비밀의 부호를 장택현 시인은 갖고 있다. 그래서 그의 시는 개성적이면서도 범인류적 공동선이라고 나는 본다.▨

감사와 그리움의 눈부신 순간들

유성호
(문학평론가, 한양대학교 국문과 교수)

1. 참으로 오래고 오랜 그리움의 잔상殘像

본래적으로 서정시는 대상을 향한 지극한 마음으로 어떤 순수 원형에 이르고자 하는 지향을 거두지 않는다. 이러한 속성은 때로는 커다란 스케일로 때로는 미시적 디테일로 서정시를 완성시키면서 어떤 근원적 중심을 향하게끔 인도해준다. 그 안에는 구체적인 삶이나 사물로부터 생성하여 어떤 항구적 차원을 열망해가는 과정이 곡진하게 담겨 있게 마련이다. 특별히 시인들은 삶과 사물의 근원과 영원을 동시에 탐구하는 치열한 사유와 감각을 보여줌으로써 자신만의 개성과 보편성을 성취하게 된다. 장택현 시인의 두 번째 시집 『세월의 소리, 바람의 소리』는, 첫 시집 『모두 무사했으면 좋겠다』(2019) 이후 쓰여진 이러한 서정시들을 집성集成한 미학적 결실로 다가온다. 시인은 삶의 외따로움과 쓸쓸함에 맞닥뜨릴 때마다 서정시의 역설적 가치를 신뢰하면서 스스로 지나온 시공간을 재현하고 순간적으로 그것을 복원하는 데 매진하고 있다. 그럼으로써 존재론적 제의祭儀를 충일하게 치러간다. 지나온 삶에 대한 상관물로 사물을 적극적으로 택하면서 그것을 불가피한 시간의 흐름과 만나게끔 해준다. 장택현 시인은 이처럼 자신의 오랜 존재론을 상상적으로 탐색하면서 그 저류底流에 참으로 오래고 오랜 그리움의 잔상殘像을 느리게 흘러가게 하고 있다. 이제 그 오랜 풍경 속으로 한 걸음씩 들어가 보도록 하자.

2. 존재론적 기원으로서의 '어머니'

장택현 시인은 구체적인 시공간을 선연하게 재현하면서 현재 자신이 겪어가는 내면적 과정을 섬세하게 기록해간다. 그러한 순간적 정서의 기록으로서 그의 시는 단연 우뚝하다. 이때 시인의 내면에 오래도록 간직되어온 원체험은 그로 하여금 시쓰기를 가능하게 해주고 나아가 지속적인 동일성을 건지하게끔 해주는 창의적 발원지가 된다. 어쩌면 시인은 스스로의 원체험을 끝없이 변형하고 선택하면서 자신만의 개성을 구현해가고 있는지도 모른다. 말하자면 장택현 시인은 구체적인 시공간의 기억과 원체험의 예술적 변형 능력에 의해 시를 써간다고 할 수 있을 것이다. 여기서 시인의 기억은 그의 남다른 미학적 열정에 의해 새롭게 형태를 입으면서 시인 스스로 갈망하는 삶의 형식을 고스란히 담아내게 된다. 이러한 경향은 그의 존재론을 선명하게 드러내면서도 시의 안쪽에서는 넓고 아득한 언어로 몸을 바꾸어간다. 그리고 그는 그 기원(起源, origin)의 끝에 '어머니'를 지극 정성으로 모신다. 사실 '어머니'는 이전 첫 시집으로부터 지속적으로 여러 번 불려온 이름이지 않은가. 다음 작품들을 먼저 읽어보자.

울 엄마 길 떠나신 지
오래되었는데
지금까지 오시지 않네

꿈속에라도 오시라고
길을 만들자

대문을 활짝 열어 놓고
냉골이 되더라도

방문도 열어 놓자

　　　　　　　　　　　　　　　―「사모곡」 전문

어머니가 대문 앞에서
동구 밖을 내다보신다

아버지가 돌아오실 때가 되어도
오시지 않기 때문이다

아버지 밥은 아랫목 요 밑에 묻어 두고
우리들은 늦은 저녁을 먹는다

아버지 오셔서 식사하셨다고 하신다
어머니는 아버지가 식사하시고
오시는 줄 아시면서도 그렇게 하셨다

　　　　　　　　　　　　　　　―「먼 기다림」 전문

　'사모곡思母曲'이라는 고전적 제목을 붙인 앞의 작품에서 시인은 "울 엄마"께서 오래 전에 길 떠나셨는데 아직 돌아오지 않았다고 표현하고 있다. 꿈에라도 오실 것을 소망하면서 시인은 지속적으로 '길'을 낸다. 대문과 방문을 열어두고 비록 "냉골이 되더라도" 어머니께서 걸어오실 길을 만들자는 것이다. '어머니'[母]를 '생각하는'[思] '노래'[曲]의 절절함이 시집 전편으로 퍼져가고 있다. 뒤의 작품에서는 '어머니'를 향한 '먼 기다림'의 마음을 다시 한번 아름답게 노래하고 있다. 이번에는 어머니께서 대문 앞에서 아버지를 기다리신다. 동구 밖을 내다보시면서 아버지 밥은 식지 말라고 아랫목 요 밑에 묻어 두신다. 아버지가 바깥에서 이미 식사를 하고 오시는 줄 아시면서도 어머니는 아이들에게 아버지가 집에 오셔 저녁을 드셨다고 하신다. 아마도 '어머니'의 오랜 기다림과 '아버지'의 밥은 "늦은 저녁"을 먹곤 했던 아이들의 기둥이 되어주었을 것이다. 이처럼 장택현 시인은 "밥 먹다가 밥 한 톨이 떨어지면/ 소홀히 하지 않고 주워 먹던 시절"(「오남매」)을 지탱했던 어머니의 삶과 정성을 소환하여 온몸으로 기리고 있다. 애틋하고 융융하고 심미적인 형상이 아닐 수 없다. 다음은 또 어떠한가.

살기 어려운 시절 추운 겨울에
밥 얻어먹으러 다니는 거지가 많았다

어머니께서 부엌으로 불러
아궁이 불을 앞으로 당겨 놓고
밥상을 차려 주시곤 했다

빈속으로 다니면 더 춥고
자녀들에게 밥도 더 갖다 줄 수
있다고 하셨다

길손이 물 한 그릇 얻어먹자고 하면
쟁반에 받쳐 대접하듯이
물을 건네주셨다

그때는 몰랐는데
어머님의 정성으로 보이지 않는 손길이
복이 되어 오늘을 살아간다

어머님, 감사합니다
늦게 인사를 올립니다

ㅡ「늦은 인사」전문

　이 아름다운 작품에서 '어머니'는 지난 시절을 환기하는
가장 선명한 판화처럼 시인의 기억 속으로 살아오신다. 오
래 전 나라 전체가 살기 어려웠던 시절, 추운 겨울에 찾아
오는 걸인에게도 어머니는 아궁이 불을 당겨 밥상을 차려
주시는 베풂을 마다하지 않으셨다. 물 한 그릇 얻어먹자고
하는 길손들에게도 "쟁반에 받쳐 대접하듯이" 물을 건네주

시곤 했다. 이러한 온후한 마음에 대해 시인의 기억이 움직이면서 이제야 비로소 "어머님의 정성으로 보이지 않는 손길"이 자신의 생을 이끌어왔음을 고백하게 된다. 어머니의 헌신과 정성이 '복'이 되어 살아올 수 있었던 것이다. 그것을 이제야 깨닫고 늦은 감사의 인사를 올리는 것이다. 그러고 보면 우리의 깨달음은 언제나 한 걸음 늦다. 정작 그때는 그것을 몰랐다가 한참 지난 후에야 그 힘에 의하여 살아왔음을 고백하는 '늦은 인사'야말로 회한과 그리움의 실존적 행위가 되고도 남는 것이다. 그렇게 장택현 시인은 어머니에 대한 "추억이 힘든 세상 살아가는 데/ 보약"(「시골 출신」)이 되고 있다는 것을 고백하고 "될 수 있으면/ 없는 사람을 도와"(「어머님의 말씀」)주라고 하시던 어머니의 말씀이 귓전을 울리는 환각을 절절하게 경험하면서 우리에게 그러한 기억을 나누자고 권하고 있다.

　이렇듯 장택현의 서정시는 시인 자신의 가장 본질적인 기원을 '어머니'로 상상함으로써, 단순한 나르시시즘을 넘어 존재론의 궁극을 탐구해가는 과정을 담아내는 데 성공하고 있다. 순연하고 구체적인 기억 속에 숨겨져 있던 어머니를 향한 애모愛慕의 순간은 초점을 다양하게 옮겨가면서 시인 자신의 서정적 동일성을 완성해간다. 시인은 애잔한 기억과 깊은 원체험을 바탕으로 펼쳐져온 자신의 삶과 어머니에 대한 사랑을 등가적으로 은유한 것이다. 이때 '어머니'가 존재론적 수원水源을 제유提喻하는 것임은 말할 것도 없다. 섬세하고 점착성 있는 언어를 통해 오랜 시간의 흐름을 재현하고 나아가 시간의 속도보다 깊이를 전면에 내세우는 이러한 상상력을 보여준 시인의 시선과 필치가 가멸차게 다가오고 있다. 우리도 그 과정에 동참하면서 오랜 마음의 흐름을 한껏 느끼게 된다. 그때 시인의 마음에 착색된 정서는 '그리움'일 것이고, 서정시가 보여주는 발견과 회귀의 과정 또한 이러한 속성에서 그다지 멀지 않을 것이다. 사물의 구체성과 다양한 언어를 통해 회감(回感, Erinnerung)의 상상력을 변주하면서 그것을 본질적인 인생론적 가치로까지 확산해내는 장택현의 시에서 우리는 서정의 원리에 충실한 그리움의 시학을 산뜻하게 바라보게 된다. 그 그리움은 어느새 우리 모두의 잃어버린 순수 원형을 향하고 있는 것이다.

3. 시간의 소리와 인생론적 지혜

장택현의 시는 자신의 본령으로 회귀하려는 지향을 또렷하게 보이면서 기억의 원리에 충실한 서정성을 선연하게 보여주는 세계이다. 그만큼 그의 시는 투명한 기억을 핵심 원리로 삼으면서 절실한 자기 확인 의지를 정점에서 들려준다. 그는 기억을 통해 자신의 현재형을 발견하고 다시 그

힘으로 옛 기억을 돌아보는 과정을 통해 이러한 미학적 성취를 얻어간다. 그 과정은 자신의 인생을 더욱 깊고 넓게 받아들이려는 의지에 의해 받쳐져 있고, 시인의 그러한 의지는 스스로에 대한 반성적 사유와 절묘한 균형을 이루는 방향으로 나타나고 있다. 말하자면 장택현 시인은 자신이 지향하는 가치를 작품 안에 끌어들이면서도 그것에 충실하지 못했던 삶을 반성적으로 사유하는 품격을 보여주기도 하고, 기억 속에 인화된 상황과 정서에 대해 반응하면서 그것을 아스라하게 기록해 가기도 한다. 이러한 원리는 그 자체로 하나의 시적 상황을 이루면서 때로는 기억 자체가 스스로를 드러내는 방식을 취하기도 하고 때로는 지극한 사랑으로 그것을 전유하는 방식으로 나타나기도 한다. 그리고 그것은 장택현 시인으로 하여금 상황과 정서가 어울리는 순간을 만들어내면서 우리 삶에 필연적으로 개입하는 인생론적 원형의 순간을 응시하게끔 해준다.

새 소리, 매미 소리
귀뚜라미 소리인가
바람 소리인가

귓바퀴 안에서 봄, 여름, 가을
겨울 소리가 다 들리네

세월의 소리로 생각하니

휘파람 소리가 들린다

—「세월의 소리」 전문

사금파리 동그랗게 만들어

땅따먹기 하다가

날이 저물어 밥 먹으라 부르면

땅 많이 빼앗은 것

어둠 속에 묻히네

—「인생」 전문

세월은 여러 소리들을 남기고 사라져간다. 그 사라짐의 운동은 '새', '매미', '귀뚜라미'의 소리를 지나 '바람 소리'로 이월하면서 사계四界의 운행을 이끌어가는 근원적 리듬을 귓바퀴 안으로 선사한다. 그것을 "세월의 소리로 생각"한 시인의 귓가에 들려오는 "휘파람 소리"야말로 흐르는 시간의 등가적 형식이었을 것이다. 이처럼 '세월의 소리'를 아득하게 듣고 있는 시인에게 '인생'이란 다음 작품에서 시간의 또 하나의 소리로 들려온다. 어릴 적 시인은 사금파리를 동그랗게 만들어서 땅따먹기 같은 놀이를 날 저물도록 했다.

그때마다 밥 먹으라는 어머니 소리가 들렸다. 그러면 빼앗은 땅 다 돌려주고 집으로 돌아갔으니, 이제야 생각하건대 "땅 많이 빼앗은 것/ 어둠 속에" 묻힐 수밖에 없었을 것이다. 그렇게 세월도 인생도 마치 "들녘의 곡식은/ 농부의 발자국 소리로 자라고// 옆에 있는 잡초들은/ 풀벌레 소리로"(「사랑의 발자국」) 자라듯이 순리와 역리逆理를 동시에 품은 채 여기까지 흘러왔다. 그리고 시인은 그 시간의 흐름 속에서 오랜 동행의 손길을 느끼기도 한다.

바람인가 했더니
세월이 오는 소리였네

앞서갈 수도 없고
뒤에 남을 수도 없는

시작도 없이
끝도 없이

생의 처음부터 마지막까지
있는 듯 없는 듯

세월은 가만히 있는데

어느새

무서리 내린 계절의 끝에 와 있네

—「동행」 전문

여기서도 '바람' 소리가 "세월이 오는 소리"로 몸을 바꾸고 있다. 끝도 시작도 없이, 어쩌면 "생의 처음부터 마지막까지" 시인과 동행해준 것은 "앞서갈 수도 없고/ 뒤에 남을 수도 없는" 세월의 연속이었을 것이다. 있는 듯 없는 듯, 언제나 항심恒心으로 존재했던 시간의 소리야말로 시인을 가능하게 해주었던 힘이었을 것이다. 시인은 그러나 세월은 저렇게 그대로 있는데 정작 자신은 어느덧 "무서리 내린 계절의 끝"에 와 있음을 느끼고 있다. 그러니 그 세월에 "이기고 졌으며/ 지고 이겼다"(「끝이 끝은 아니다」)라고 말할 수 있었을 것이다. 나아가 아무리 세월이 흘러도 "반백 년이 훌쩍 지난 지금도/ 그때, 그 모습으로 변함"(「첫사랑」) 없이 있는 순간들을 사랑할 수 있었을 것이다.

무릇 모든 존재자는 세상에서 물질적인 존재 형식을 일정 기간 취하다가 시간의 흐름을 따라 사라져가게 마련이다. 탄생과 성장과 소멸의 과정을 내남없이 거칠 수밖에 없기 때문이다. 그러나 소멸이란 그 자체로 불가피한 비극이겠지만 누구에게나 평등하게 주어진 편재적 가능성일 뿐이다. 장택현 시인은 그러한 시간의 비의秘義를 집중적으로 형상화함으로써 생기를 띤 사물들의 생성보다는 사라져가는 것들의 잔상殘像을 노래한다. 하지만 그것은 슬픈 만가輓歌가 아니라 자연스러운 리듬을 품은 마음의 노래로 나타난다. 이는 시인이 기본적으로 슬픔의 감각을 가지고 있지만, 그것을 뛰어넘어 역설적 에너지를 간직하고 있음을 알려준다. 엄연하게 들려오는 시간의 소리와 그 순간에 다가오는 인생론적 지혜를 새겨가는 '시인 장택현'의 실존적 목소리가 은은하게 다가오고 있다.

4. '말'과 '눈물'의 역설을 통한 통합적 사유

우리 시대는 느긋하게 삶을 관조하거나 순정한 마음으로 정서를 드러내기에는 사회적 복합성이 너무도 많이 심화되어 있다. 그래서 그러한 흐름에 대한 사유나 감각을 대안적으로 표명하려 할 때 서술적, 산문적, 해체적 경향을 어느 정도 끌어안을 수밖에 없게 되었다. 그럼에도 불구하고 가장 짧은 양식을 통해 가장 강한 언어적 충격에 도달하려는, 곧 언어를 쓰면서도 언어의 명료함을 지워 가려는 시인들의 역설적 노력은 긴장과 압축의 미학에 대한 애착을 더욱 견고하게 지켜왔다고 할 수 있다. 장택현 시인은 이러한 긴장과 압축의 감각을 통해, 언어 자체에 대한 발본의 부정이 아니라 언어가 과잉되는 것을 경계하려는 방법적 부정을 일관되게 보여준다. 그래서 이번 시집에 실린 그의 시편들은 대체로 단형이며, 우리는 이를 통해 언어 과잉을 경계하려는 시인의 미학적 수행을 지켜보게 된다. 단형 양식을 통해 집중적으로 나타난 삶의 여백과 잔잔한 파문이 그의 시적 기율이 되어 우리 곁으로 천천히 번져오고 있다.

> 말이란
> 몇십 년이 지나도
> 죽지 않고 살아서
>
> 송곳으로
> 때로는 웃음으로
>
> 새로운 힘이 되어
> 웃게도 하고 울게도 한다
>
> —「말의 힘」 전문

'말'의 이중적 속성을 노래한 이 짧은 시편은, 그 점에서 장택현 시인의 언어관觀을 집약한 결과라고 할 수 있다. 말은 오랜 시간이 흘러도, 때로는 '송곳'의 날카로움으로 여전히 찌르기도 하고, 때로는 '웃음'의 부드러움으로 누군가에게 새로운 힘을 부여하기도 한다. 그렇게 "몇십 년이 지나도/ 죽지 않고 살아서" 누군가를 "웃게도 하고 울게도" 하는 '말의 힘'이야말로 "행복과 불행은 이웃"(「한 끗 차이」)임을 알려주고 결국 웃음과 울음도 한 몸임을 암시해준다. 이렇게 양가적이고 때로는 다의적이기도 한 '말'의 흐름을 따라, 비록 시간은 흘러가지만 기억은 남게 되는 반어적 상황이 벌어진다. 그러한 '말'의 역설이야말로 우리가 결코 피할 수 없는 실존적 조건일 것이다. '말'의 운명이 그러한 것처럼 '눈물'도 마찬가지이다.

어제는 슬퍼서
눈물이 났고

오늘은 감격하고 행복해서
눈물이 난다

내일은 아마도 감사해서
눈물이 날 것 같다
　　　　　　　　　 ―「그리고 찾아오는 눈물」 전문

'눈물'은 슬픔의 결과이기도 하고 기쁨의 동반자이기도 하다. 슬퍼서 눈물을 흘린 '어제'나 감격하고 행복해서 눈물이 난 '오늘'은 모두 우리 인생의 불가피한 표지標識이다. 그러니 '내일'에도 슬픔과 기쁨이 혼융된 '감사'의 '눈물'은 어김없이 찾아올 것이다. 그렇게 '자꾸 찾아오는 눈물'의 역설이야말로 "별들만이 남아/ 질서 있게 잔치를 벌일"(「밤의 풍경」) 날들의 반가운 손님이 아닐까 생각해본다. 그리고 이러한 인식은 더욱 확장되어 삶과 죽음까지도 그 경계선을 허물 가능성을 부여하는데, 말하자면 "죽었으나 영원한 삶인 것"(「비밀」)을 알려주기도 하는 것이다.

그동안 이분법적 경계를 완강하게 거느리던 대립항들은 장택현의 사유 속에서 천천히 무너져간다. 오랜 기억 속에서 기쁨과 슬픔도, 웃음과 울음도, 삶과 죽음도 모두 천천히 하나의 권역으로 통합되어 간다. 그러한 상상적 행위로서 그의 시가 쓰여지는 것이다. 그만큼 장택현의 이번 시집은 과거의 물리적 경험을 구체적 감각으로 되살려 '충만한 현재형'으로 만드는 일 못지않게, 가장 근원적이고 궁극적인 섭리의 질서를 우리에게 되살려준다. 그 과정에서 현재적 감각을 끌어오는 가장 전형적인 신생의 세계로, 그리고 이성적 논리를 포섭하면서도 동시에 그것을 뛰어넘는 가장 고전적인 초월의 세계로 하염없이 다가오고 있는 것이다. 그 핵심에 사물의 구체성과 그에 대한 시인 자신의 실물적 경험이 가로놓여 있음은 말할 것도 없을 것이다.

5. '마실'과 '묵상'이라는 삶의 여행

두루 알다시피, 서정시는 시인 스스로 살아온 시간을 회상하고 성찰하는 기억 작용을 강하게 활용하는 언어 예술이다. 우리가 서정시의 동기를 자기 확인의 원리에서 찾는 일차적 이유도 여기에 있을 것이다. 이처럼 회상이나 성찰은 서정시의 가장 중요하고도 원초적인 욕망일 터인데, 한편으로 그것은 자신의 내면으로 몰입하려는 지향으로 나타나기도 하고, 다른 한편으로 다양한 타자를 향해 확산해가려는 외연적 힘으로 구현되기도 한다. 장택현은 자신의 삶에 대한 이러한 내향적 회귀 의지와 타자를 향한 외적 관심의 확장 의지를 균형 있게 갖춘 시인이다. 또한 그에게 기억이나 성찰은 지나온 시간을 단순하게 미화하기보다는 자신의 삶에 깃들인 흔적들을 추스르고 건너가는 쪽에서 발원하고 있다. 그만큼 자신의 삶에 만만찮은 무게로 주어졌던 상처의 흔적에 대한 견인堅忍의 의지를 토로함으로써 위안과 치유의 과정으로 나아가려는 소망을 드러내는 것이다. 그러한 주제를 드러내는 데 핵심적 방법론으로 활용되는 것이 바로 삶의 역리일 것이다.

어제는 옆 동네 경숙이 집에
그냥 놀러 갔다

내일은 같은 아파트에 살고 있는

홍상이네 집으로

신나는 걸음을 떼려 한다

여행 가방 없이 가는 여행이

더 설레고 기대가 된다

—「마실」 전문

이 작품은 장택현 시인의 성정性情을 또렷하게 보여준다. 물론 '마실'과 '여행'은 확연히 다른 것이다. '마실'이 근처에 사는 이웃에 놀러가는 일이라면 '여행'은 스스로를 낯설게 만들면서 타지로 떠도는 적극적 떠남의 행위이기 때문이다. 그런데 "옆 동네 경숙이 집"이나 "같은 아파트에 살고 있는/ 홍상이네 집"에 찾아가는 마실을 두고 시인은 "여행 가방 없이 가는 여행"이라고 칭한다. 그냥 놀러가고, 신나는 걸음으로 찾아가는 '마실'이야말로 더 설레고 기대가 되는 '여행'이 되어 주는 것이다. 그렇게 시인의 마음은 "햇님이 뿌린 빛이 어떻게 자라는지/ 바람이 어떤 길을 만드는지"(「소망」) 궁금하여 누군가를, 언젠가를, 빛나는 순간을, 따뜻한 장면을 정성스럽게 찾아가고 있다.

찬란하게 떠오르는
태양을 바라본다

장렬하게 내리쪼이는
열기의 힘과 생명의 약동

아름답게 잘 익어가는
노을을 묵묵히 바라보면서

내일은 다시
붉은 태양이 어둠을 뚫고
꿈꾸듯 눈부신 아침을 열리라

—「묵상의 언덕」 전문

'묵상默想' 역시 '마실=여행'의 한 변형적 행위가 되고도
남는다. 찬란하게 떠오르는 태양을 바라보는 일이나, 아름
답게 저물어가는 노을을 보는 지켜보는 일이나, 모두 생명
의 약동과 성숙에 참여하는 과정일 것이다. 장렬하게 내리
쪼이는 열기 속에서도, 아름답게 익어가는 묵묵함 속에서
도, 우리는 모두 "다시/ 붉은 태양이 어둠을 뚫고/ 꿈꾸듯
눈부신 아침"을 여는 순간을 맞이할 것이다. 그러한 순간을
묵상하는 시인의 마음이 준열하기만 하다. 우리 모두는 그

렇게 '묵상의 언덕'에 온전히 기대어 한세상을 건너가면서 꿈꾸듯 눈부신 아침을 열어갈 것이다.

이처럼 장택현 시의 원리는 시인 내면의 직접적 토로보다는 사물과의 경험적 접점 속에 상황이 구성될 때 훨씬 더 풍요롭게 구축된다. 이때 시인은 자신이 경험해온 상처나 고통을 직접적으로 드러내기보다는, 그것들의 연원을 끌어오면서 그것들을 향한 긴장과 견딤을 택해간다. 시인은 사물과의 경험을 서정적 기조基調로 삼으면서 그 안에 지나온 날의 기억을 담은 시편을 두루 보여주는데, 이 또한 경험적 직접성을 밑천으로 하면서도 경험의 절절함보다는 그것이 삶과 맺는 유추적 연관성에 더 큰 관심을 가짐으로써 의미론적 확장을 가능케 해준 것이다. 그러한 아름답고 견고한 열정이, 오랜 견딤의 과정을 수반하면서, 서정시의 선명한 원리와 속성을 드러내준 것이다. 그리고 그 속성이 비로소 '마실'과 '묵상'이라는 삶의 여행 속에서 환하게 드러나고 있는 것이다.

6. 한없는 위안을 주는 사랑의 언어

지금까지 우리는 장택현 시인의 두 번째 시집 『세월의 소리, 바람의 소리』를 천천히 읽어왔다. 이 시집 안에는 인간의 존재론적 근원과 궁극에 대한 지속적 탐구와 함께, 시인 자신이 겪어온 오랜 시간을 다스리고 그에 대한 심미적 기억과 성찰을 수행해가는 미학적 일관성이 담겨 있다. 그의 시는 그만큼 서정시를 '시간예술'이라 일컫는 까닭을 선명하게 증명해준다. 결국 장택현의 시가 견지하는 중요한 내질內質은 기원과 궁극을 살피고 시간을 사유하는 원리에 의해 펼쳐진다고 말할 수 있을 것이다. 아닌 게 아니라 이번 시집에는 시인이 중요시하는 이러한 원리를 서정의 순간성 속에서 펼쳐낸 언어적 장관들이 가득 담겨 있다. 비밀스럽고 오랜 소리를 신성神聖의 등가적 형식으로 들려주는 그의 시는, 세계의 근원적 질서와 궁극적 가치에 대한 상상적 탈환 작업을 원리로 삼은 목소리를 투명하게 담고 있다 할 것이다.

또한 이번 시집은 시인으로서의 자의식이 암유暗喩되어 새겨진 결실을 보여주는 뜻깊은 결실이기도 하다. 서정시의 오래된 미학적 본령인 회감의 원리에 의해 구현되는 이러한 자기동일성은, 자아와 세계 사이의 거리를 탐색하는 서사와는 달리, 순간적 통합성을 추구하는 서정의 본령을 보여준다. 우리는 경험 세계를 선명하게 기억하고 고백하는 것을 중심 원리로 삼는 장택현의 시가 이러한 자기동일성의 훌륭한 범례範例로 남을 것임을 어렵지 않게 알게 된다. 그렇게 세계와 갈등을 일으키지 않는 동일성을 중시하면서 그것을 충만한 현재형으로 표현해내는 형식으로 장택현의 서정시는 앞으로도 꾸준히 쓰여질 것이다. 그 점에서 그의 시는 서정의 자기 규정적 원리를 전형적으로 증언하고 있는 미학적 기록이라고 할 수 있을 것이다.

결국 장택현 시인은 이번 시집을 통해 현재의 지층 속에 화석처럼 존재하는 풍경을 재현하면서 동시에 그때의 한순간을 현재형으로 생생하게 구성해내는 특장을 첨예하게 보여주었다. 이러한 원리를 가능케 해준 것이 그의 소중한 기억인 셈인데, 그 기억에서 흘러나오는 사랑의 언어가 우리에게 한없는 위안을 주고도 남음이 있을 것이다. 그리고 감사와 그리움의 눈부신 순간들을 담아낸 이번 시집이 시인의 삶에도 더없이 중요한 기념비(monument)가 되기를, 마음 깊이, 희원해마지 않는다.▨

| 장택현 |

1947년 충남 아산 출생. 2019년『시사사』로 등단했고, 시집으로
『모두 무사했으면 좋겠다』(지혜, 2019)가 있다. 백석대학교 5대
총장을 역임했으며, 현재 백석대학교 대학혁신위원장 및 사범학
부 교수로 봉직 중이다.

현대시 시인선 230
세월의 소리, 바람의 소리

초판 인쇄 · 2023년 2월 8일
초판 발행 · 2023년 2월 15일
지은이 · 장택현
펴낸이 · 이선희
펴낸곳 · 한국문연
서울 서대문구 증가로 31길 39, 202호
출판등록 1988년 3월 3일 제3-188호
대표전화 302-2717 | 팩스 · 6442-6053
디지털 현대시 www.koreapoem.co.kr
이메일 koreapoem@hanmail.net

ⓒ 장택현 2023
ISBN 978-89-6104-330-4 03810

값 12,000원